Grimms Märchen

Bilder von Fritz Baumgarten

Inhaltsverzeichnis

Seite 5–19

Seite 21–35

Seite 37–47

Seite 49–63

Frau Holle

Eine Witwe hatte zwei Töchter, davon war die eine schön und fleißig, die andere hässlich und faul. Sie hatte aber die hässliche und faule, weil sie ihre richtige Tochter war, lieber. Die andere musste alle Arbeit tun und das Aschenputtel im Hause sein. Sie musste waschen und putzen, täglich Feuer machen und die schweren Kochkessel umherschleppen. Keiner half ihr, sie wurde mit aller Arbeit alleine gelassen.

Das arme Mädchen musste sich täglich an ein Spinnrad neben den Brunnen setzen und so viel spinnen, dass ihm das Blut aus den Fingern floss.

Nun trug es sich zu, dass die Spule einmal ganz blutig war. Da bückte es sich damit in den Brunnen und wollte sie abwaschen. Die Spule sprang ihm aber aus der Hand und fiel hinab. Das Mädchen weinte, lief zur Stiefmutter und erzählte ihr das Unglück. Diese schimpfte aber so heftig und war so unbarmherzig, dass sie sprach: „Hast du die Spule hinunterfallen lassen, so hol sie auch wieder herauf!“ Da ging das Mädchen zu dem Brunnen zurück und wusste nicht, was es tun sollte. In seiner Herzensangst sprang es in den Brunnen hinein, um die Spule zu holen.

Es verlor die Besinnung und als es erwachte und wieder zu sich kam, war es auf einer Wiese, wo die Sonne schien und Tausende von wunderschönen Blumen standen. Sie erblickte gelbe, rote und rosafarbene Blüten, deren lieblicher Duft in ihre Nase stieg. Unzählige Bienen summten durch die Luft und flogen von Blüte zu Blüte.

Die Wiese war von Bäumen umsäumt, deren Blätter in einer sanften Brise raschelten. Ein paar Vögel saßen auf den Ästen einer großen Tanne und unterhielten sich aufs Lebhafteste. Zu den Füßen einer breit gewachsenen Buche hockten zwei Kaninchen, die an den frischen Gräsern knabberten. Alles war hell, warm und lichtdurchflutet.

Auf dieser Wiese ging das Mädchen fort und kam zu einem Backofen, der voller Brot war. Das Brot aber rief: „Ach, zieh mich raus, zieh mich raus, sonst verbrenne ich, ich bin schon längst fertig gebacken!" Da trat es heran und holte mit dem Brotschieber alles nacheinander heraus.

Danach ging das Mädchen weiter und kam zu einem Baum. Er hing voller Äpfel und rief ihm zu: „Ach, schüttle mich, schüttle mich, meine Äpfel sind alle miteinander reif!“ Da schüttelte es den Baum, dass die Äpfel wie Regen herniedergingen, und schüttelte, bis keiner mehr oben war. Und als es alle auf einen Haufen zusammengelegt hatte, ging es wieder weiter.

Endlich kam das Mädchen zu einem kleinen Haus, aus dem eine alte Frau herausschaute. Weil sie so große Zähne hatte, wurde ihm angst und bange und es wollte fortlaufen. Die alte Frau aber rief ihm nach: „Was fürchtest du dich, liebes Kind? Bleib bei mir, wenn du alle Arbeit im Hause ordentlich tun willst, soll's dir gut gehen. Du musst nur achtgeben, dass du mein Bett gut machst und es fleißig aufschüttelst, dass die Federn fliegen, dann schneit es in der Welt. Ich bin die Frau Holle." Weil die Alte ihm so gut zusprach, fasste sich das Mädchen ein Herz. Es willigte ein und begab sich in ihren Dienst.

Es erledigte auch alles zur Zufriedenheit von Frau Holle und schüttelte ihr das Bett immer auf, dass die Federn wie Schneeflocken umherflogen. Es war fleißig und machte alles mit großer Sorgfalt. Dafür hatte es auch ein gutes Leben bei Frau Holle. Nie erntete es ein böses Wort und bekam alle Tage nur Gesottenes und Gebratenes, woran es sich laben konnte.

Nun war das Mädchen schon eine ganze Zeit lang bei der Frau Holle. Da wurde ihm auf einmal ganz seltsam zumute. Es fühlte sich sehr traurig und wusste anfangs selbst nicht, was ihm fehlte. Es mangelte ihm doch an nichts und keiner war unfreundlich zu ihm. Und trotzdem fühlte es sich ohne Glück und Freude. Da merkte es endlich, dass es wohl Heimweh war, was ihm das Herz so schwer machte. Obgleich es ihm hier tausendmal besser ging als zu Hause, so hatte es doch ein Verlangen dahin. Endlich sagte das Mädchen zu Frau Holle: „Ich habe Heimweh, und wenn es mir auch noch so gut hier unten geht, so kann ich doch nicht länger bleiben. Ich muss wieder hinauf zu den Meinigen." Die Frau Holle antwortete ihm: „Es gefällt mir, dass du wieder nach Hause verlangst, und weil du mir so treu gedient hast, so will ich dich selbst wieder hinaufbringen."

Sie nahm es darauf bei der Hand und führte es vor ein großes Tor. Das Tor ging auf und als das Mädchen gerade darunter stand, fiel ein gewaltiger Goldregen auf sie herab. Alles Gold blieb an ihm hängen, sodass es über und über davon bedeckt war. „Das sollst du haben, weil du so fleißig gewesen bist", sprach die Frau Holle und gab ihm auch die Spule wieder, die ihm in den Brunnen gefallen war.

Darauf wurde das Tor verschlossen und das Mädchen befand sich oben auf der Welt, nicht weit von seiner Mutter Haus. Und als es in den Hof kam, saß der Hahn auf dem Brunnen und rief: „Kikeriki, unsere goldene Jungfrau ist wieder hie!" Da ging es hinein zu seiner Mutter, und weil es so mit Gold bedeckt ankam, wurde es von ihr und der Schwester gut aufgenommen. Das Mädchen erzählte alles, was ihm passiert war. Als die Mutter hörte, wie es zu dem großen Reichtum gekommen war, wollte sie der anderen, hässlichen und faulen Tochter gern dasselbe Glück verschaffen.

Sie musste sich an den Brunnen setzen und spinnen. Damit ihre Spule blutig wurde, stach sie sich in den Finger und stieß sich die Hand in die Dornenhecke. Dann warf sie die Spule in den Brunnen und sprang selbst hinein.

Sie kam, wie die andere, auf die Wiese und ging auf demselben Pfad weiter. Als sie zu dem Backofen gelangte, schrie das Brot: „Ach, zieh mich raus, sonst verbrenne ich, ich bin schon längst fertig gebacken!“ Die Faule aber antwortete: „Da hätt’ ich Lust, mich schmutzig zu machen!“, und ging fort.

Bald kam sie zu dem Apfelbaum, der rief: „Ach, schüttle mich, schüttle mich. Meine Äpfel sind alle miteinander reif!“ Sie antwortete aber: „Du kommst mir recht, es könnte mir einer auf den Kopf fallen“, und ging weiter.

Als sie vor Frau Holles Haus kam, fürchtete sie sich nicht, weil sie von ihren großen Zähnen schon gehört hatte. Sie trat sogleich in ihre Dienste. Am ersten Tag gab sie sich noch Mühe, war fleißig und gehorchte Frau Holle, wenn sie ihr etwas sagte, denn sie dachte an das viele Gold, das sie ihr schenken würde.

Am zweiten Tag aber fing sie schon zu faulenzen an und am dritten noch mehr, da wollte sie morgens gar nicht aufstehen. Sie machte auch Frau Holle das Bett nicht, wie's sich gehörte, und schüttelte es nicht, dass die Federn aufflogen.

Das wurde die Frau Holle bald müde und sie sagte ihr, sie könne wieder nach Hause gehen. Die Faule war wohl zufrieden und meinte, nun würde der Goldregen kommen. Frau Holle führte auch sie zu dem Tor. Als sie aber darunterstand, wurde statt des Goldes ein großer Kessel Pech über sie ausgeschüttet.

Frau Holle sagte: „Das ist zur Belohnung deiner Dienste", und schloss das Tor zu. Da kam die Faule heim, aber sie war ganz mit Pech bedeckt. Als der Hahn auf dem Brunnen sie sah, rief er: „Kikeriki, unsere schmutzige Jungfrau ist wieder hie!"

Das Pech aber blieb fest an ihr hängen und wollte, solange sie lebte, nicht abgehen.

Der gestiefelte Kater

Es war einmal ein Müller, der hatte drei Söhne, seine Mühle, einen Esel und einen Kater. Die Söhne mussten das Korn mahlen, der Esel Getreide holen und Mehl forttragen und die Katze Mäuse fangen. Als der Müller starb, teilten sich die drei Söhne die Erbschaft. Der Älteste bekam die Mühle, der Zweite den Esel, der Dritte den Kater, weiter blieb nichts für ihn übrig. Da war er traurig und sprach zu sich selbst: „Ich habe am wenigsten abbekommen. Mein ältester Bruder kann mahlen, mein zweiter kann auf seinem Esel reiten. Aber was kann ich mit einem Kater anfangen? Lass ich mir ein Paar Pelzhandschuhe aus seinem Fell machen, so wäre es um den schönen Kater schade.“

Der Kater, der alles verstanden, was der Müllerssohn gesagt hatte, sprach: „Hör, du brauchst mich nicht zu töten, um ein Paar schlechte Handschuhe aus meinem Pelz zu kriegen. Lass mir nur ein Paar Stiefel machen, sodass ich ausgehen und mich unter den Leuten sehen lassen kann, dann soll dir bald geholfen sein.“

Der Müllerbursch wunderte sich, dass der Kater so sprach, weil aber gerade der Schuster vorbeiging, rief er ihn herein und ließ dem Kater ein Paar Stiefel anmessen. Als sie fertig waren, nahm der Kater einen Sack und machte oben eine Schnur daran, womit man ihn zuziehen konnte. Dann warf er ihn auf den Rücken und ging auf zwei Beinen wie ein Mensch zur Tür hinaus.

Damals regierte in dem Land ein König, der gerne Hasenbraten aß. Es war aber sehr schwer, einen Hasen zu fangen. Der ganze Wald war zwar voll davon, aber sie waren so scheu, dass es keinem Jäger gelang, sie zu erschießen. Das wusste der Kater und er war sich sicher, dass er seine Sache besser machen konnte.

Er nahm den Sack, tat frische Kohlblätter hinein und ging damit in den Wald. Die Schnur legte er ins Gras, führte sie hinter eine Hecke und hielt sie mit der Pfote gut fest. Dann versteckte er sich und wartete.

Es dauerte nicht lange, da hüpfte ein Hase herbei. Er hatte den saftigen Kohl gerochen und schlüpfte in den Sack. Schon kamen weitere Hasen gelaufen. Sie hüpften hungrig einer nach dem anderen in den Sack hinein.

Als eine gute Anzahl darin war, zog der Kater den Sack zu, lief herbei und tötete sie. Dann ging er mit dem Sack auf dem Rücken geradewegs zu des Königs Schloss.

Die Wache rief: ,,Halt! Wohin?"
,,Zum König", antwortete der Kater kurz.
,,Bist du verrückt? Ein Kater zum König?"
,,Lass ihn nur gehen", sagte ein anderer.
,,Der König hat doch so oft Langeweile, vielleicht macht ihm der Kater mit seinem Brummen und Spinnen Vergnügen."

Als der Kater vor den König kam, machte er eine tiefe Verbeugung und sagte: „Mein Herr, der Graf Carrabas, lässt sich dem Herrn König empfehlen und schickt ihm hier ein paar Hasen, die er eben gefangen hat.“

Der König staunte über die schönen, fetten Hasen, wusste sich vor Freude nicht zu beruhigen und befahl dem Kater, so viel Gold aus der Schatzkammer in den Sack zu tun, wie er nur tragen könne. „Das bring deinem Herrn und dank ihm noch vielmals für sein Geschenk.“

Der arme Müllerssohn aber saß zu Hause am Fenster, stützte den Kopf in die Hand und dachte, dass er nun sein letztes Geld für die Stiefel des Katers weggegeben hatte und der ihm wohl nichts Besseres dafür bringen könne. Da trat der Kater herein, warf den Sack vom Rücken, schnürte ihn auf und schüttete das Gold vor den Müllerssohn hin: „Da hast du etwas Gold vom König, der dich grüßen lässt und sich für die Hasen bei dir bedankt.“ Der Müller war froh über das Gold, ohne dass er noch recht begreifen konnte, wie es zugegangen war. Der Kater aber erzählte ihm alles und sagte: „Du hast zwar jetzt Geld genug, aber dabei soll es nicht bleiben. Du sollst noch reicher werden. Dem König habe ich gesagt, dass du ein Graf bist.“

Am nächsten Tag ging der Kater wohl gestiefelt wieder auf die Jagd und brachte dem König einen reichen Fang. So ging es alle Tage und der Kater brachte alle Tage Gold heim. Beim König war er so beliebt, dass er im Schloss aus- und eingehen durfte, wie er wollte. Einmal stand der Kater in der Küche des Königs am Herd und wärmte sich, da kam der Kutscher und fluchte: „Ich wünschte, der König wäre mit der Prinzessin beim Henker! Ich wollte ins Wirtshaus gehen und trinken und Karten spielen und gerade da soll ich sie an den See spazieren fahren.“ Wie der Kater das hörte, schlich er nach Hause und sagte zu seinem Herrn: „Wenn du ein Graf werden und reich sein willst, so komm mit mir hinaus an den See und bade dich darin.“ Der Müller wusste nicht, was er dazu sagen sollte, doch folgte er dem Kater, ging mit ihm, zog sich aus und sprang ins Wasser. Der Kater aber nahm seine Kleider, trug sie fort und versteckte sie.

Kaum war er damit fertig, da kam der König dahergefahren. Der Kater lief herzu und jammerte: „Ach! Allergnädigster König, mein Herr, der Graf Carrabas, hat sich im See gebadet. Da ist ein Dieb gekommen und hat ihm die Kleider gestohlen, die am Ufer lagen. Nun ist der Herr Graf im Wasser und kann nicht heraus, und wenn er länger darin bleibt, wird er sich erkälten und sterben."

Wie der König das hörte, ließ er anhalten, und einer seiner Leute musste zurückfahren und von des Königs Kleidern holen. Der Graf zog die prächtigsten Kleider an und weil ihm der König wegen der Hasen, die er meinte von ihm bekommen zu haben, dankbar war, musste er sich in die Kutsche setzen. Die Prinzessin war auch nicht böse darüber, denn der Graf war jung und schön und gefiel ihr recht gut.

Der Kater aber war vorausgeeilt und zu einer großen Wiese gekommen, wo über hundert Leute Heu machten. „Wem gehört die Wiese, ihr Leute?“, fragte der Kater. – „Dem großen Zauberer.“

„Hört, jetzt wird bald der König vorbeifahren. Wenn er fragt, wem die Wiese gehört, so antwortet: ‚Dem Grafen von Carrabas.‘ Wenn ihr das nicht tut, werdet ihr alle totgeschlagen.“

Darauf ging der Kater weiter und kam an ein Kornfeld, so groß, dass es niemand übersehen konnte. Da standen mehr als zweihundert Leute, die schnitten das Korn. „Wem gehört das Korn, ihr Leute?" – „Dem großen Zauberer."

„Hört, gleich wird der König vorbeifahren, und wenn er fragt, wem das Korn gehört, so antwortet: ‚Dem Grafen von Carrabas.' Wenn ihr das nicht tut, werdet ihr alle totgeschlagen."

Endlich kam der Kater an einen prächtigen Wald, da standen mehr als dreihundert Leute. Sie fällten die großen Eichen und machten Holz. „Wem gehört der Wald, ihr Leute?" – „Dem großen Zauberer."
„Hört, bald wird der König vorbeifahren, und wenn er fragt, wem der Wald gehört, so antwortet: ‚Dem Grafen von Carrabas.' Wenn ihr das nicht tut, werdet ihr alle totgeschlagen."

Der Kater ging noch weiter, die Leute sahen ihm alle nach, und weil er so wunderlich aussah und wie ein Mensch in Stiefeln daherging, fürchteten sie sich vor ihm. Der Kater kam bald an des Zauberers Schloss, ging mutig hinein und trat vor den Zauberer.

Dieser sah ihn verächtlich an und fragte ihn, was er wolle. Der Kater machte eine tiefe Verbeugung und sagte: „Ich habe gehört, dass du dich in jedes Tier verwandeln kannst. Was einen Hund, Fuchs oder Wolf betrifft, da will ich es gerne glauben. Aber dass du dich auch in einen Elefanten verwandeln kannst, das scheint mir ganz unmöglich. Deshalb bin ich gekommen, um mich selbst zu überzeugen."

Der Zauberer sagte stolz: „Das ist eine Kleinigkeit für mich“, und war im gleichen Augenblick in einen Elefanten verwandelt. „Das ist viel, aber auch in einen Löwen?“ – „Das ist auch nichts“, sagte der Zauberer und saß plötzlich als ein Löwe vor dem Kater.

Der Kater stellte sich erschrocken und rief: „Das ist unglaublich und unerhört, an dergleichen hätte ich nicht einmal im Traum gedacht! Aber noch mehr als alles andere wäre es, wenn du dich auch in ein so kleines Tier wie etwa eine Maus verwandeln könntest. Du kannst gewiss mehr als irgendein Zauberer auf der Welt, aber das wird auch dir zu schwer sein.“

Der Zauberer wurde ganz freundlich bei den süßen Worten und sagte: „Oh ja, liebes Kätzchen, das kann ich auch“, und sprang als Maus im Zimmer umher. Der Kater sprang schnell hinter ihr her, fing die Maus und fraß sie auf.

Der König aber war mit dem Grafen und der Prinzessin weiter spazieren gefahren und kam zu der großen Wiese. „Wem gehört das Heu?“, fragte der König. „Dem Herrn Grafen von Carrabas“, riefen alle, wie ihnen der Kater befohlen hatte.
„Ihr habt da ein schönes Stück Land, Herr Graf“, sagte er.

Danach kamen sie an das große Kornfeld. „Wem gehört das Korn, ihr Leute?" „Dem Herrn Grafen von Carrabas."
„Ei, Herr Graf, große, schöne Ländereien!"
Darauf fragte der König nach dem Wald: „Wem gehört das Holz, ihr Leute?" – „Dem Herrn Grafen von Carrabas."

Der König wunderte sich noch mehr und sagte: „Ihr müsst ein reicher Mann sein, Herr Graf. Ich glaube nicht, dass ich einen so prächtigen Wald habe."

Endlich kamen sie an das Schloss. Der Kater stand oben an der Treppe und als unten der Wagen hielt, sprang er hinab, machte die Türe auf und sagte: „Herr König, Ihr kommt hier in das Schloss meines Herrn, des Grafen von Carrabas, den diese Ehre für sein Leben glücklich machen wird."

Der König stieg aus und wunderte sich über das stattliche Gebäude, das fast größer und schöner war als sein Schloss. Der Graf aber führte die Prinzessin die Treppe hinauf in den Saal, der ganz von Gold und von Edelsteinen flimmerte.

Da wurde die hübsche Prinzessin mit dem Grafen verlobt und als der König starb, wurde er König und der gestiefelte Kater erster Minister.

Rotkäppchen

Es war einmal ein süßes, kleines Mädchen, das hatte eine Mutter und eine Großmutter, die es sehr lieb hatten. Die Großmutter ganz besonders, sie wusste gar nicht, was sie dem Enkelchen alles geben sollte. Sie schenkte ihm immer dies und das und hatte ihm auch ein feines Käppchen von rotem Samt geschenkt. Das stand dem Kind so gut, dass es nichts anderes mehr tragen wollte, und darum hieß es bei Alt und Jung nur das Rotkäppchen.

Mutter und Großmutter wohnten aber nicht beisammen in einem Häuschen, sondern eine halbe Stunde voneinander entfernt, und zwischen den beiden Häusern lag ein Wald.

Da sprach eines Morgens die Mutter zum Rotkäppchen: „Liebes Rotkäppchen, Großmutter ist krank und schwach geworden und kann nicht zu uns kommen. Ich habe Kuchen gebacken. Geh und bringe Großmutter von dem Kuchen und eine Flasche Wein und grüße sie recht schön von mir. Sei vorsichtig, dass du nicht fällst und die Flasche zerbrichst. Laufe nicht im Walde herum, bleibe schön auf dem Wege, und bleibe auch nicht zu lange weg.“

„Ich will alles so machen, wie du befiehlst, liebe Mutter“, antwortete Rotkäppchen. Es band sein Schürzchen um, nahm den Korb mit dem Wein und dem Kuchen und ging fröhlich in den Wald hinein.

Wie es so sorglos dahinwandelte, kam ein Wolf daher. Das gute Kind kannte noch keine Wölfe und hatte keine Furcht. Als der Wolf näher kam, sagte er: „Guten Tag, Rotkäppchen!“ „Schönen Dank, Herr Graubart!“ „Wo soll es denn hingehen so in aller Frühe, mein liebes Rotkäppchen?“, fragte der Wolf. „Zur alten Großmutter, der nicht wohl ist!“, antwortete Rotkäppchen. „Was willst du denn dort machen? Du willst ihr wohl was bringen?“ „Ei, freilich, wir haben Kuchen gebacken, und Mutter hat mir auch Wein mitgegeben, den soll sie trinken, damit sie wieder stark wird.“ „Sage mir doch noch, mein liebes Rotkäppchen, wo wohnt denn deine Großmutter? Ich möchte ihr wohl einmal Guten Tag sagen, wenn ich an ihrem Hause vorbeikomme“, sprach der Wolf.

„Ei, gar nicht weit von hier, ein Viertelstündchen, da steht das Häuschen gleich am Wald. Es stehen Eichenbäume dahinter und am Gartenzaun wachsen Haselnüsse!“, plauderte das Rotkäppchen. „Das wird ein zarter Bissen sein“, dachte sich der falsche, böse Wolf. „Aber ich muss listig vorgehen, damit ich die Großmutter auch noch schnappe.“ Er ging ein Weilchen neben Rotkäppchen her, dann sprach er: „Rotkäppchen, sieh einmal die schönen Blumen, die ringsumher stehen, warum guckst du dich nicht um? Ich glaube, du hörst gar nicht, wie lieblich die Vöglein singen? Du gehst ja für dich hin, als wenn du zur Schule gingst, und es ist doch so lustig draußen im Wald.“

Rotkäppchen blickte sich um und als es sah, wie die Sonnenstrahlen durch die Bäume hin und her tanzten und alles voller schöner Blumen stand, dachte es: „Wenn ich der Großmutter einen frischen Strauß mitbringe, das wird ihr auch Freude machen. Es ist so früh am Tag, dass ich doch zu rechter Zeit ankomme.“ Es lief vom Wege ab in den Wald hinein und suchte Blumen. Und wenn es eine gepflückt hatte, meinte es, weiter hinaus stände eine noch schönere und lief dorthin. So geriet es immer tiefer in den Wald hinein.

Der Wolf aber ging geradewegs zu dem Haus der Großmutter und klopfte an die Türe.

Die Großmutter war zu schwach, um aufzustehen, deshalb rief sie: „Wer ist draußen?" „Das Rotkäppchen!", antwortete der Wolf mit verstellter Stimme. „Die Mutter schickt dir Wein und auch Kuchen! Mach auf!"

„Drück nur auf die Klinke", rief die Großmutter. Der Wolf öffnete die Türe, ging geradewegs auf das Bett der Großmutter zu und verschlang sie. Er zog ihre Kleider an, legte sich in ihr Bett unter die Decke und zog die Vorhänge zu.

Als Rotkäppchen eine schönen Blumenstrauß gepflückt hatte, machte es sich auf den Weg zu Großmutters Haus. Es war sehr verwundert, die Tür offen zu finden, da die Großmutter sonst immer alles verschlossen hielt, und ihm wurde plötzlich angst und bange. Wie das Rotkäppchen nun an das Bett trat, da lag die alte Großmutter und hatte eine große Schlafhaube auf.

Es war nur wenig von ihr zu sehen und das sah gar seltsam aus. „Ach, Großmutter, was hast du für große Ohren?“, fragte das Rotkäppchen. „Dass ich dich besser hören kann!“, war die Antwort. „Ach, Großmutter, was hast du für große Augen?“ „Dass ich dich besser sehen kann!“ „Ach, Großmutter, was hast du für große Hände?“ „Dass ich dich besser fassen und halten kann!“ „Ach, Großmutter, was hast du für ein riesiges Maul und so lange Zähne?“ „Dass ich dich besser fressen kann!“

Schon fuhr der böse Wolf aus dem Bett heraus und fraß das arme Rotkäppchen. Jetzt war der Wolf sehr satt und da es ihm sehr im Stübchen der Alten gefiel, legte er sich wieder hin. Er schlief ein und begann, laut zu schnarchen.

Ein Jäger kam zufällig vorbei und hörte das Schnarchen. Er dachte: „Ei, ei, der armen alten Frau da drinnen geht es wohl schlecht, so wie sie schnarcht! Du musst hinein und nachsehen, was mit ihr ist.“

Der Jäger trat ein und fand den Wolf im Bett der Großmutter liegen. „Hier finde ich dich also!“, sprach der Jäger und riss die Büchse von der Schulter. „Du alter Schurke, du bist mir schon oft genug entlaufen!“

Er wollte gerade sein Gewehr anlegen, da fiel ihm ein: ,,Halt – die alte Frau ist nicht da, am Ende hat der Unhold sie mit Haut und Haar verschlungen.'' Da schoss der Jäger nicht, sondern er nahm eine Schere und fing an, dem fest schlafenden Wolf vorsichtig den Bauch aufzuschlitzen. Da guckte ein rotes Käppchen heraus und nach ein paar Schnitten sprang das Rotkäppchen heraus und rief: ,,Ach, was war das für ein dunkles Kämmerchen da drinnen!''

Und hinter dem Rotkäppchen kam auch noch die alte Großmutter lebendig heraus. Sie konnte kaum atmen, denn viel Platz hatten sie nicht gehabt im Wolfsbauch.

Der Wolf schlief noch immer tief und fest. Da nahmen sie Steine, füllten sie dem Wolf in den Bauch und nähten ihn wieder zu. Dann versteckten sie sich und der Jäger trat hinter einen Baum, um zu sehen, was der Wolf nun anfangen würde. Endlich wachte der Wolf auf. Schwerfällig stand er auf und ging hinaus. Er humpelte zum Brunnen hin, denn er hatte großen Durst. Unterwegs sagte er: „Wie seltsam mir ist, in meinem Bauch, da wackelt's hin und her, hin und her, wie lauter Wackersteine – sollten das die Großmutter und Rotkäppchen sein?"

Und wie er an den Brunnen kam und trinken wollte, da zogen ihn die Steine nach vorne, er fiel hinein und ertrank. Da waren alle drei sehr vergnügt. Der Jäger hievte den schweren Wolf aus dem Brunnen, zog ihm den Pelz ab und ging damit nach Hause. Die Großmutter trank den Wein und aß den Kuchen und wurde wieder frisch und gesund. Rotkäppchen aber ging nach Hause und dachte: Du willst niemals wieder vom Wege ab und in den Wald gehen, wenn es dir die Mutter verboten hat.

Hänsel und Gretel

Es war einmal ein armer Holzhacker, der mit seiner Frau und seinen zwei Kindern vor einem großen Walde wohnte. Das Bübchen hieß Hänsel und das Mädchen Gretel. Sie hatten wenig zu essen und als einmal große Not übers Land kam, konnte er das tägliche Brot nicht mehr verdienen.

Als der Vater sich abends im Bett Gedanken machte und sich vor Sorgen herumwälzte, seufzte er und sprach zu seiner Frau: „Was soll aus uns werden? Wie können wir unsere armen Kinder ernähren, da wir für uns selbst nichts mehr haben?" „Weißt du was, Mann", antwortete die Frau, „wir werden morgen in aller Frühe die Kinder hinaus in den Wald führen, wo er am dichtesten ist. Da machen wir ihnen ein Feuer an und geben jedem noch ein Stückchen Brot, dann gehen wir an unsere Arbeit und lassen sie allein. Sie werden den Weg nicht wieder nach Hause finden und wir sind sie los." „Nein, Frau", sagte der Mann, „das tue ich nicht; wie sollt ich's übers Herz bringen, meine Kinder im Wald allein zu lassen!" „Oh, du Narr", sagte sie, „dann müssen wir alle vier verhungern", und ließ ihm keine Ruhe, bis er einwilligte.

Die zwei Kinder hatten vor Hunger auch nicht einschlafen können und gehört, was die Stiefmutter zum Vater gesagt hatte. Gretel weinte bittere Tränen und sprach zu Hänsel: „Nun ist’s um uns geschehen.“ „Still, Gretel“, sprach Hänsel , „hab keine Angst, ich werde uns schon helfen.“

Und als die Eltern eingeschlafen waren, stand er auf, zog seine Kleider an und schlich sich hinaus. Da schien der Mond ganz hell und die weißen Kieselsteine, die vor dem Haus lagen, glänzten wie lauter Diamanten. Hänsel bückte sich und steckte so viele in seine Hosentaschen, wie nur hineinpassten.

Danach ging er wieder hinein und sprach zu Gretel: „Schlaf nur ruhig wieder ein, liebes Schwesterchen, Gott wird uns nicht verlassen“, und legte sich wieder in sein Bett.

Als der Tag anbrach und die Sonne noch nicht einmal aufgegangen war, kam schon die Frau und weckte die Kinder: „Steht auf, ihr Faulpelze, wir wollen in den Wald gehen und Holz holen.“

Dann gab sie jedem ein Stückchen Brot und sprach: „Da habt ihr etwas für den Mittag, aber esst es nicht vorher auf, ihr bekommt nicht mehr.“ Gretel nahm das Brot unter die Schürze, weil Hänsel die Steine in der Tasche hatte. Danach machten sie sich alle zusammen auf den Weg in den Wald.

Als sie ein Weilchen gegangen waren, stand Hänsel immer wieder still und schaute zu dem Haus zurück. Der Vater sprach: „Hänsel, was schaust du da und bleibst zurück?“ „Ach, Vater“, sagte Hänsel, „ich sehe nach meinem weißen Kätzchen, das sitzt oben auf dem Dach und will mir Ade sagen.“ Die Frau sprach: „Du Narr, das ist nicht dein Kätzchen, das ist die Morgensonne, die auf den Schornstein scheint.“ Hänsel aber hatte nicht nach dem Kätzchen gesehen, sondern immer einen von den weißen Kieselsteinen aus seiner Tasche auf den Weg geworfen.

Als sie nun mitten im Wald angekommen waren, sprach der Vater: „Nun sammelt Holz, ihr Kinder, ich will ein Feuer machen, damit ihr nicht friert.“

Hänsel und Gretel trugen Reisig zusammen. Es wurde angezündet und als die Flamme recht hoch brannte, sagte die Frau: „Nun legt euch ans Feuer, Kinder, und ruht euch aus. Wir gehen in den Wald und schlagen Holz. Wenn wir fertig sind, kommen wir wieder und holen euch ab.“

Hänsel und Gretel saßen um das Feuer, und als der Mittag kam, aß jedes Kind sein Stücklein Brot. Und weil sie die Schläge der Axt hörten, glaubten sie, ihr Vater wäre in der Nähe.

Es war aber nicht die Axt, sondern es war ein Ast, den er an einen dürren Baum gebunden hatte und den der Wind hin- und herschlug. Und als sie lange so gesessen hatten, fielen ihnen die Augen vor Müdigkeit zu, und sie schliefen fest ein.

Als sie endlich aufwachten, war es schon finstere Nacht. Gretel fing an zu weinen und sprach: „Wie sollen wir nun nach Hause kommen?" Hänsel aber tröstete sie: „Wart nur ein Weilchen, bis der Mond aufgegangen ist, dann werden wir den Weg schon finden." Und als der volle Mond am Himmel stand, nahm Hänsel sein Schwesterchen an der Hand und sie gingen den Kieselsteinen nach.

Sie schimmerten wie Diamanten und zeigten ihnen den Weg. Sie gingen die ganze Nacht hindurch und kamen am frühen Morgen wieder zum Haus ihres Vaters. Sie klopften an die Tür und als die Frau aufmachte und die Kinder sah, sprach sie: „Ihr bösen Kinder, was habt ihr so lange im Walde geschlafen, wir dachten schon, ihr wolltet gar nicht wiederkommen.“ Der Vater aber freute sich, denn sein Herz schmerzte, dass er sie so allein zurückgelassen hatte.

Nicht lange danach war wieder große Not und die Kinder hörten, wie die Stiefmutter nachts im Bette zu dem Vater sprach: „Alles ist wieder aufgezehrt, wir haben nur noch einen halben Laib Brot. Die Kinder müssen fort, wir wollen sie tiefer in den Wald hineinführen, damit sie diesmal den Weg nicht wieder herausfinden. Es ist sonst keine Rettung für uns.“

Dem Mann fiel es schwer und er dachte: „Es wäre besser, wenn du den letzten Bissen mit deinen Kindern teilst.“ Aber die Frau hörte auf nichts, was er sagte, und machte ihm Vorwürfe. Wer A sagt, muss auch B sagen, und weil er das erste Mal nachgegeben hatte, so musste er es auch zum zweiten Mal.

Die Kinder waren aber noch wach gewesen und hatten das Gespräch mitgehört. Als die Eltern schliefen, stand Hänsel wieder auf. Er wollte hinaus und die Kieselsteine auflesen, wie beim letzten Mal. Aber die Frau hatte die Tür verschlossen und Hänsel konnte nicht heraus. So tröstete er sein trauriges Schwesterchen und sprach: „Weine nicht, Gretel, und schlaf nur ruhig, der liebe Gott wird uns schon helfen.“

Am frühen Morgen kam die Frau und holte die Kinder aus dem Bett. Sie erhielten ihr Stückchen Brot, das aber noch kleiner war als das vorige Mal. Auf dem Weg in den Wald zerbröckelte es Hänsel in der Tasche. Er blieb oft stehen und warf ein Bröcklein auf die Erde. „Hänsel, was stehst du und guckst dich um?“, fragte der Vater. „Geh schneller!“

„Ich sehe nach meinem Täubchen, das sitzt auf dem Dach und will mir Ade sagen“, antwortete Hänsel. „Du Narr“, sagte die Frau, „das ist nicht dein Täubchen, das ist die Morgensonne, die auf den Schornstein oben scheint.“ Hänsel aber warf nach und nach alle Bröcklein auf den Weg.

Die Frau führte die Kinder noch tiefer in den Wald, wo sie ihr Lebtag noch nicht gewesen waren. Dort wurde wieder ein großes Feuer gemacht und die Stiefmutter sagte: „Bleibt nur da sitzen, ihr Kinder, und wenn ihr müde seid, könnt ihr ein wenig schlafen. Wir gehen in den Wald und schlagen Holz. Am Abend, wenn wir fertig sind, kommen wir und holen euch ab.“

Als es Mittag war, teilte Gretel ihr Brot mit Hänsel, der sein Stück auf den Weg gestreut hatte. Dann schliefen sie ein und der Abend verging, aber niemand kam zu den armen Kindern. Sie erwachten erst in der finsteren Nacht und Hänsel tröstete sein Schwesterchen und sagte: „Wart nur, Gretel, bis der Mond aufgeht, dann werden uns die Brotbröcklein, die ich ausgestreut habe, den Weg nach Hause zeigen.“

Als der Mond kam, machten sie sich auf, aber sie fanden keine Bröcklein mehr, denn die Vögel hatten sie weggepickt. Hänsel sagte zu Gretel: „Wir werden den Weg schon finden.“ Aber sie fanden ihn nicht. Sie gingen die ganze Nacht und noch einen Tag vom Morgen bis zum Abend, aber sie kamen aus dem Wald nicht heraus. Sie waren sehr hungrig, denn sie hatten nichts als die paar Beeren, die sie von den Sträuchern am Boden pflücken konnten. Und weil sie so müde waren, dass die Beine sie nicht mehr tragen wollten, legten sie sich unter einen Baum und schliefen ein.

Nun war es schon der dritte Morgen, dass sie das Haus ihres Vaters verlassen hatten. Sie fingen wieder an zu laufen, aber sie gerieten immer tiefer in den Wald. Als es Mittag war, sahen sie ein schönes, schneeweißes Vögelein auf einem Ast sitzen, das sang so schön, dass sie stehen blieben und ihm zuhörten. Und als es fertig war, schwang es seine Flügel und flog vor ihnen her. Sie gingen ihm solange nach, bis sie zu einem Häuschen gelangten, auf dessen Dach es sich setzte. Als sie ganz nahe herankamen, sahen sie, dass das Häuschen aus Brot gebaut und mit Kuchen gedeckt war. Die Fenster waren aus hellem Zucker. „Da wollen wir unseren Hunger stillen", sprach Hänsel, „und eine gesegnete Mahlzeit halten. Ich will ein Stück vom Dach essen. Gretel, du kannst ja vom Fenster essen, das schmeckt süß."

Hänsel streckte sich in die Höhe und brach ein wenig vom Dach ab, um zu versuchen, wie es schmeckt. Gretel stellte sich an die Scheiben und knabberte daran. Da rief eine dünne Stimme aus der Stube heraus: „Knusper, knusper, knäuschen, wer knuspert an meinem Häuschen?“ Die Kinder antworteten: „Der Wind, der Wind, das himmlische Kind“, und aßen weiter, ohne sich beirren zu lassen. Hänsel, dem das Dach sehr gut schmeckte, riss sich ein großes Stück davon herunter, und Gretel riss eine ganze runde Fensterscheibe heraus, setzte sich nieder und tat sich gütlich daran. Da ging auf einmal die Türe auf und eine steinalte Frau, die sich auf eine Krücke stützte, kam herausgeschlichen.

Die Kinder erschraken so gewaltig, dass sie alles fallen ließen, was sie in den Händen hielten. Die Alte aber wackelte mit dem Kopf und sprach: „Ei, ihr lieben Kinder, kommt nur herein und bleibt bei mir, es geschieht euch kein Leid.“ Sie fasste beide an der Hand und führte sie in ihr Häuschen. Da wurde ein gutes Essen aufgetragen, Milch und Pfannkuchen mit Zucker, Äpfeln und Nüssen. Danach wurden zwei Betten weich bezogen und Hänsel und Gretel legten sich hinein und meinten, sie wären im Himmel.

Die Alte hatte aber nur freundlich getan, eigentlich war sie eine böse Hexe, die den Kindern auflauerte. Sie hatte das Brothäuslein nur gebaut, um sie herbeizulocken. Die Hexen können zwar nicht weit sehen, aber sie haben eine feine Witterung wie die Tiere und merken, wenn Menschen näher kommen. Als Hänsel und Gretel zu ihrem Häuschen kamen, lachte sie boshaft und sprach höhnisch: „Die habe ich, die sollen mir nicht wieder entwischen!“

Am frühen Morgen, ehe die Kinder erwacht waren, stand sie schon auf, und als sie beide so lieblich ruhen sah, murmelte sie vor sich hin: „Das wird ein guter Bissen werden." Da packte sie Hänsel mit ihrer dürren Hand und trug ihn in einen kleinen Stall und sperrte ihn hinter einer Gittertüre ein. Er mochte schreien, wie er wollte, es half ihm nichts. Dann ging sie zur Gretel, rüttelte sie wach und rief: „Steh auf, Faulenzerin, hol Wasser und koch deinem Bruder etwas Gutes, der sitzt draußen im Stall und soll fett werden. Wenn er fett ist, so will ich ihn essen." Gretel fing bitterlich zu weinen an, aber es war alles vergebens. Sie musste tun, was die böse Hexe verlangte. Nun wurde dem armen Hänsel das beste Essen gekocht, aber Gretel bekam nichts Rechtes. Jeden Morgen schlich die Alte zu dem Ställchen und rief: „Hänsel, streck deine Finger heraus, damit ich fühle, ob du bald fett bist." Hänsel streckte ihr aber ein Knöchlein heraus, und die Alte, die trübe Augen hatte, konnte es nicht sehen und meinte, es wären Hänsels Finger. Sie wunderte sich, dass er gar nicht fett werden wollte.

Als vier Wochen vorbei waren und Hänsel immer noch mager blieb, überkam sie die Ungeduld und sie wollte nicht länger warten. „He, Gretel", rief sie dem Mädchen zu, „sei flink und hol Wasser! Hänsel mag fett oder mager sein, morgen will ich ihn schlachten und kochen." Ach, wie jammerte das arme Schwesterchen und wie flossen ihm die Tränen über die Backen herunter! „Lieber Gott, hilf uns doch", rief es aus, „hätten uns nur die wilden Tiere im Wald gefressen, so wären wir doch zusammen gestorben!" „Spar dir dein Geplärre", sagte die Alte, „es hilft alles nichts."

Früh am Morgen musste Gretel heraus, den Kessel mit Wasser aufhängen und Feuer anzünden. „Erst wollen wir backen", sagte die Alte, „ich habe den Backofen schon eingeheizt und den Teig geknetet." Sie stieß die arme Gretel hinaus zu dem Backofen, aus dem die Flammen schon herausschlugen. „Kriech hinein", sagte die Hexe, „und sieh zu, ob recht eingeheizt ist, damit wir das Brot hineinschieben können." Und wenn Gretel darin wäre, wollte sie den Ofen zumachen und Gretel sollte darin braten. Aber Gretel merkte, was sie im Sinn hatte, und sprach: „Ich weiß nicht, wie ich's machen soll, wie komm ich da hinein?" „Dumme Gans", sagte die Alte, „die Öffnung ist groß genug, siehst du wohl, ich könnte selbst hinein." Sie schlurfte herbei und steckte den Kopf in den Backofen. Da gab ihr Gretel einen Stoß, dass sie hineinfiel, machte die eiserne Tür zu und schob den Riegel vor. Huuuh!
Da fing die Hexe an grässlich zu heulen, aber Gretel lief fort, und die Hexe musste elendiglich verbrennen. Gretel rannte schnurstracks zu Hänsel, öffnete das Ställchen und rief: „Hänsel, wir sind erlöst, die alte Hexe ist tot."

Da sprang Hänsel aus dem Käfig, wie ein Vogel, wenn ihm die Türe aufgemacht wird. Wie haben sie sich gefreut, sind sich um den Hals gefallen, sind herumgesprungen und haben sich geherzt! Und weil sie sich nicht mehr zu fürchten brauchten, gingen sie in das Haus der Hexe hinein. Da standen in allen Ecken Kästen mit Perlen und Edelsteinen. „Die sind noch besser als Kieselsteine“, sagte Hänsel und steckte soviel in seine Taschen, wie hineingingen. Und Gretel sagte: „Ich will auch etwas mit nach Haus bringen“, und füllte ihr Schürzchen voll.

„Aber jetzt wollen wir fort“, sagte Hänsel, „damit wir schnell aus dem Hexenwald herauskommen.“ Als sie ein paar Stunden gegangen waren, gelangten sie an ein großes Wasser. „Wir können nicht hinüber“, sprach Hänsel, „ich seh keinen Steg und keine Brücke.“ „Und auch kein Schiffchen“, antwortete Gretel. „Aber da drüben schwimmt ein weißer Schwan. Wenn ich den bitte, so hilft er uns bestimmt hinüber.“ Da rief sie: „Lieber Schwan, da stehen Gretel und Hänsel, kein Steg und keine Brücke, nimm uns auf deinen weißen Rücken.“

Der Schwan kam auch heran und Hänsel setzte sich auf und bat sein Schwesterchen, sich zu ihm zu setzen. „Nein“, antwortete Gretel, „das wird dem armen Tier zu schwer, es soll uns nacheinander hinüberbringen.“ Das tat der Schwan auch und als sie glücklich drüben waren und ein Weilchen weitergegangen waren, da kam ihnen der Wald immer bekannter und bekannter vor. Endlich erblickten sie schon von weitem das Haus ihres Vaters.

Da fingen sie an zu laufen, rannten in die Stube hinein und fielen ihrem Vater um den Hals. Der Mann hatte keine frohe Stunde mehr gehabt, seit er die Kinder im Walde gelassen hatte. Die Stiefmutter aber war inzwischen gestorben. Gretel schüttelte ihr Schürzchen aus und Hänsel warf eine Handvoll nach der anderen aus seiner Tasche dazu, sodass die Perlen und Edelsteine in der Stube nur so herumsprangen. Da hatten ihre Sorgen ein Ende und sie lebten glücklich und zufrieden zusammen.

Fränkisch-Crumbach 2012
www.titania-verlag.de

Illustrationen: Fritz Baumgarten
Layout, Satz und Umschlaggestaltung:
design cat GmbH

ISBN (13) 978-3-86472-701-6

FSC
www.fsc.org
MIX
Papier aus verantwortungsvollen Quellen
FSC® C002642